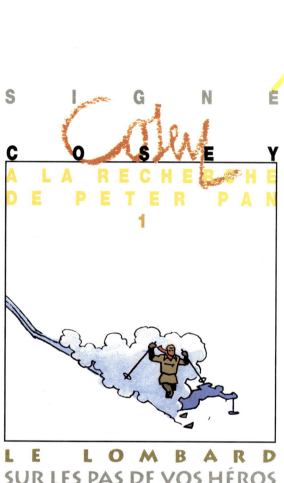

SIGNÉ Cosey

À LA RECHERCHE DE PETER PAN
1

LE LOMBARD
SUR LES PAS DE VOS HÉROS

DU MÊME AUTEUR:

AUX EDITIONS DU LOMBARD,

DANS LA SÉRIE JONATHAN:

SOUVIENS-TOI, JONATHAN...
ET LA MONTAGNE CHANTERA POUR TOI
PIEDS NUS SOUS LES RHODODENDRONS
LE BERCEAU DU BODHISATTVA
L'ESPACE BLEU ENTRE LES NUAGES
DOUNIACHA, IL Y A LONGTEMPS...
KATE
LE PRIVILÈGE DU SERPENT
NEAL ET SYLVESTER
ONCLE HOWARD EST DE RETOUR
GREYSHORE ISLAND

DANS LA COLLECTION SIGNÉ

A LA RECHERCHE DE PETER PAN (TOMES 1 ET 2)

AUX EDITIONS LOCH NESS ET 24 HEURES:

LE RETOUR DE LA BÊTE

AUX EDITIONS DUPUIS

LE VOYAGE EN ITALIE (TOMES 1 ET 2)
ORCHIDEA
SAÏGON-HANOÏ

AUX EDITIONS ALBIN MICHEL:

L'ENFANT BOUDDHA

(ILLUSTRATIONS SUR UN TEXTE DE JACQUES SALOMÉ)

MAQUETTE DE LA COLLECTION:
COSEY

© COSEY - Editions du Lombard, Bruxelles 1993
Tous droits de reproduction, de traduction
et d'adaptation réservés pour tous pays.
D. 1993.0086.2916
ISBN 2.8036.1077.9
Dépôt légal: Décembre 1993

LE PERSONNAGE DE PETER PAN A ÉTÉ CRÉÉ EN 1902 PAR JAMES M. BARRIE. L'AUTEUR ANGLAIS NE S'EST VRAISEMBLABLEMENT INSPIRÉ QUE TRÈS VAGUEMENT DU DIEU PAN DE LA MYTHOLOGIE GRECQUE POUR IMAGINER CET ENFANT-HÉROS, AMI DES OISEAUX ET DES FÉES.

C'EST EN 1953 QUE WALT DISNEY (UN DE MES RÊVES D'ENFANT ÉTAIT DE DEVENIR DIRECTEUR ARTISTIQUE, OU QUELQUE CHOSE COMME ÇA, AUX STUDIOS DISNEY) EN TIRA LE DESSIN ANIMÉ QUI PROPAGEA SA VOGUE AU-DELÀ DU PUBLIC ANGLO-SAXON.

AUJOURD'HUI, ENFIN, J'OSE CROIRE QUE CE BON VIEUX PETER - UN GAMIN DE PLUS DE QUATRE-VINGTS ANS - NE M'EN VOUDRA PAS DE L'ENTRAÎNER PARMI LES RACCARDS VALAISANS ET LES HAUTS SOMMETS DES ALPES QUI, APRÈS TOUT, VALENT BIEN KENSINGTON GARDENS.

COSEY

L'AUTEUR REMERCIE

MONSIEUR JEAN-MARC BINER

ET LES ARCHIVES CANTONALES

DU VALAIS

A la recherche de Peter Pan

Par cosey

CHAPITRE I

Les Alpes valaisannes, peu avant 1930.

"Quinze années passèrent. Tous les garçons étaient devenus des hommes.
Ils ne pouvaient plus voler, et ils avaient complètement oublié l'Île."
                            James M. Barrie

Curieux... J'aurais parié que quelqu'un était là, en train de m'observer...

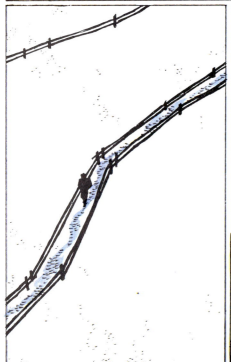

Le Grand Hôtel ne manquait pas d'allure. J'imaginai volontiers Dragan arpentant sa chambre, dans son état d'exaltation habituel, un crayon à la main, occupé à composer sa symphonie alpestre.

J'abandonnai mes rêveries pour étudier un guide du Valais...

CHAPITRE II

"Quand Mme Darling demandait :
- Qui est donc Peter Pan ? Personne
n'était capable de le lui expliquer.
Tout ce que Wendy pouvait en dire, c'est que
c'était un enfant à peu près de sa
taille ; et comme Wendy venait
d'avoir neuf ans, Mme Darling
pensait que c'était sans doute
un petit garçon du jardin d'enfants."
J. M. Barrie

Le brouillard s'épaissit encore. C'est le moment de rentrer.

C'est un avertissement!

La nature prévient toujours. Y'suffit d'écouter...

Le village est condamné. Encore un mois; peut-être deux. Six, au mieux. Pas b'soin d'un expert pour savoir ça!

D'ailleurs, moi, j'attends pas qu'on nous ordonne d'évacuer. Dans dix jours, 'suis loin!

Je regagnais ma chambre. Nul besoin de décacheter la missive. J'en devinais aisément le contenu...

"Cher Melvin, Blablablablablabla, blabla... ...et c'est avec une très vive impatience que j'attends le manuscrit de votre prochain roman, manuscrit que vous m'aviez promis pour la saison précédente."

"...à ce sujet, permettez-moi de vous rappeler également que les avances que vous avez touchées sur vos droits d'auteur à venir représentent un engagement désormais... blabla-blablabla. Votre Ami et Dévoué Éditeur. Virgil G. Ashbury"

Oh, le vilain !

J'avalai une rasade de Gin, allumai un de ces délicieux cigares de la Havane — cadeau de Virgil G. Ashbury pour fêter le dépassement inespéré des ventes de mes deux premiers ouvrages — et je tentai de penser à ce troisième roman...

J'ouvrais tout de même l'enveloppe. A quelques formules de style près, mes suppositions étaient exactes.

Les heures passaient. J'allumai un deuxième Havane, mais les idées ne venaient toujours pas...

J'ouvrais la fenêtre pour aérer la pièce enfumée, puis je m'installais à nouveau dans le fauteuil. J'avais emporté "Peter Pan" dans mes bagages. Je plongeais avec délice dans le roman de J.M. Barrie. C'était un vrai rafraîchissement.

Le livre merveilleux m'avait été offert par Dragan pour mon dixième anniversaire, et sa lecture n'avait certes pas été étrangère à ma décision de me consacrer à l'écriture.

Je lisais jusque tard dans la soirée, reprenant trois ou quatre fois certains passages.

Minuit déjà ! Il est temps d'arrêter sans quoi il ne m'en restera plus pour les jours suivants.

CHAPITRE III

"Les Fées sont d'astucieuses petites créatures. Elles s'habillent exactement comme les fleurs de saison, de sorte que vous pouvez regarder un crocus, une jacinthe, ou un lis sans vous douter un instant que vous regardez une Fée, tant elle se tient immobile."
      J.M. Barrie

Je réunissais mes idées et quelques notes sur un cahier.
Assemblage assez éclectique, en vérité.
Je tentais même d'écrire une "Page Une"... sans succès.
Mon attention était retenue par le souvenir des "Variations sur un thème serbe" entendues l'autre nuit.
Je faisais plusieurs fois le détour du Grand Hôtel, lors de mes promenades, mais en vain.

Ce soir-là, les cartes et l'Eau-de-Vie de Poire avaient animé la petite salle du bistrot.

"la Bise qui souffle,... Va faire grand beau !"

Le lendemain, en effet, tout le village travaillait au soleil d'hiver.

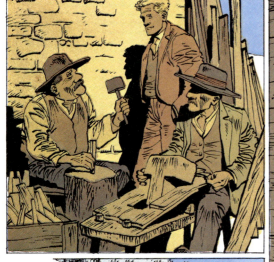

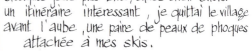

Quelques jours plus tard, après avoir choisi un itinéraire intéressant, je quittai le village avant l'aube, une paire de peaux de phoques attachée à mes skis.

24

30

Les tranches fines de viande séchée, le pain de seigle, le fromage au goût légèrement amer, la petite gourde remplie à l'eau d'un torrent.
Le bleu du ciel, le blanc de la neige, le soleil...

J'avais brusquement l'impression d'y voir plus clair. Une lucidité inhabituelle. Je me sentais plein d'enthousiasme pour la vie. Je voulais interroger le destin, comprendre le pourquoi de notre existence, découvrir un terrain commun à la science et à la spiritualité ; inventer un art nouveau...

J'avais aussi envie d'être extraordinairement riche et célèbre.

Je repensai à mon frère Dragan. En réalité, Dragan était mon demi-frère, de douze ans mon aîné...

Je revoyais le petit appartement à Londres; la pièce unique, glacée...
Zoran, notre père...
Ses emplois de misère : chauffeur un mois, jardinier l'autre.
Fabricant de yaourts.
Il avait même participé à un trafic de caviar avec un ami russe.

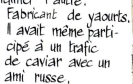

Zoran avait quitté la Serbie avec son fils Dragan, décidé à faire fortune aux États-Unis. Ils s'étaient arrêtés à Londres, refoulés par l'Immigration américaine à cause d'un virus. C'est là qu'il rencontra la jeune Anglaise qui plus tard devint ma mère. Les années passaient et la fortune ne se décidait pas à venir.

Le vieux Zoran avait reporté tous ses espoirs sur ses deux fils. Il économisait peu à peu de quoi nous payer des études honorables. Dragan serait médecin, et moi avocat. Il voulait surtout que nous quittions la misère qu'il avait toujours connue.

Mais Dragan avait attrapé un autre virus : la Musique.
Il composait. Un jour, il nous quitta pour se consacrer à sa passion Notre père était désespéré.
Dragan écrivait régulièrement.
Il voyageait. Vienne, Salzbourg, Paris, Florence, Rome.
Mais nous devinions que sa musique lui permettait à peine de se nourrir.

Quant à moi, je passais mon temps à dévorer un à un les livres de la Bibliothèque Nationale. Je rêvais d'écrire.
Mais bien entendu, il était hors de question d'en parler au vieux Zorah.

Quelques années plus tard, une lettre d'une épaisseur inaccoutumée arriva.
Elle avait été postée à Sion, en Suisse.
Dragan écrivait sur le papier à lettres du Grand Hôtel d'Ardolaz.
Sa musique rencontrait un succès grandissant.
Dans l'enveloppe, il avait glissé des billets de banque.
De grosses coupures.

Et désormais, l'enveloppe arrivait, régulièrement chargée.
C'était la fête. Un appartement chauffé. Une fourrure pour ma mère.
On invitait tous les soirs des amis, et surtout, Zoran, épaté, commençait à oublier ses projets sur la médecine et le droit.

Dragan nous décrivait ses concerts devant les plus beaux publics du Continent.
Notre père exultait.
Et c'est ainsi que grâce à mon frère, je pouvais réaliser mon rêve.

J'étudiais Shakespeare et Milton à Oxford.
Je commençais à rédiger mes premiers essais sous un pseudonyme de couleur locale.
Vlatko Z. Zmadjevic devenait Melvin Z. Woodworth.

L'année suivante, Dragan devait disparaître accidentellement dans une salle d'eau du Grand Hôtel. Asphyxié dans son bain par un nid d'oiseaux qui bouchait le conduit d'évacuation des gaz du chauffe-eau.

Tu me manques, Mačak!¹

¹ Mačak: Gros chat.

Le glacier se manifestait maintenant une fois par jour...

KKK KRRRA

Le soleil entamait lentement sa descente.
Le moment était venu de l'initer.

Habituellement, les mélèzes perdent leurs aiguilles en automne. Le temps semblait avoir ralenti sa course dans ce petit bois. L'air était plus doux, et la neige faisait place à un tapis de mousse.

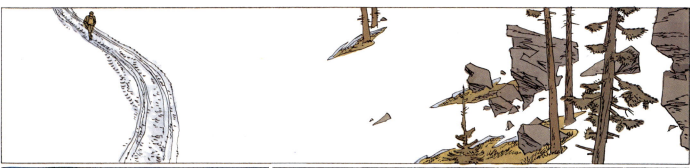

Un silence
de Fin du Monde
s'était installé
sur la vallée abandonnée.
Seule la rumeur
lointaine
d'un torrent
faisait écho
au crissement de la neige
sous mes pas.

J'avais
décidé de
m'accorder
quelques jours
supplémentaires.
Le temps
de trouver
une réponse
aux
questions
que cette
vallée
semblait
avoir
suspendues
au-dessus de
ma tête.

Suite et fin dans : "A la recherche de Peter Pan" - Tome II

Le Valais

Dimanche. S'habiller pour aller à l'église.

Etonnant destin d'un petit peuple montagnard, devenu, en moins d'un demi-siècle, partenaire de ses voisins occidentaux industrialisés depuis longtemps.

Jusqu'au XIXe siècle, rien n'avait changé en Valais depuis Rousseau. Enfermé, cloîtré sur les seules terres cultivables entre les marais de la plaine du Rhône et les glaces de l'altitude, il se battait pour survivre.

Autarcique, autonome parce qu'il pouvait satisfaire aux besoins majeurs, manger et se vêtir. Il avait le seigle, le lait, la viande, la laine et le lin. De l'argent ? Si peu. De quoi payer quelques outils, des clous, du sel et du sucre, un remède ou un ruban coloré, la coquetterie du chapeau. J'ai vu des comptes de famille de la fin du XIXe. Cent francs suffisaient pour un an, le prix d'une vache vendue. Cinquante ans ont suffi pour que s'opère cette mutation. Le temps d'une génération. Parce que les marais assainis sont devenus terres fertiles, parce que les barrages ont transformé l'eau des torrents en argent liquide, parce que le tourisme est devenu... ce qu'il est.

Ne voulant parler que de ce que j'ai vu dès 1910, je me souviens des saisons et des hommes.

Hiver. De tous les toits s'échappaient des fumées, souvent écrasées par le vent. Village silencieux comme la neige pendant la nuit, sonore dès le jour venu parce que les coups réguliers frappés par les peignes des grands métiers à tisser faisaient vibrer les parois de mélèze. C'était le travail des femmes, on entendait battre le cœur de la montagne. Lentement, les draps de lin blanc, les pièces de laine brune s'enroulaient au tambour. Trame et chaîne de la vie, métier, le mot signifiait office. Certains jours, un bruit plus lourd, plus sourd, martelait le silence comme un puissant métronome. Les deux pesants pilons du foulon, les martinets, soulevés et lâchés tour à tour par l'excentrique entraîné par la

Jour de fête à Evolène.

Un "raccard" près de Saint-Luc.

L'arrivée à Chandolin, 2.000 mètres, le plus haut village à être habité toute l'année.

Les "barrots" du vin pressé en plaine sont montés à dos de mulet.

La récolte n'est pas mauvaise, cette année...

grande roue, écrasaient dans l'eau et foulaient, pendant des heures, le lourd drap brun, l'habit des hommes, la jupe des femmes. A quelques mètres, la même roue faisait rouler la meule de granit sur le granit du moulin.

Dès la neige fondue, la terre reprenait ses droits. Finis les jours où les seules allées et venues quotidiennes étaient celles des vaches conduites de l'étable à la fontaine, soir et matin, dans des tranchées creusées dans la neige, aussi étroites qu'elles et si profondes qu'on ne voyait émerger que leur dos et leurs cornes. Du printemps à l'été, hommes et femmes étaient au travail dans les prés, les jardins et les champs. Labourer les terres fumées en automne, herser, arroser, semer, faucher, rentrer le foin avant la pluie, moissonner au soleil tandis que les enfants gardaient les vaches "en champs". Tous ces travaux se faisaient en commun. Les familles s'unissant, passaient d'un pré, d'un bisse, d'un lopin à l'autre. Une charrue, une herse suffisaient, un mulet aussi, le plus souvent; n'ai-je pas lu un testament léguant un cinquième quart de mulet ? Les outils d'ailleurs restaient à demeure à la porte des chalets, dehors, au service de qui en avait besoin. Vie communautaire. Et langage. Tout en travaillant, on parlait. Civilisation de la parole, aujourd'hui tuée par les moteurs. Les motoculteurs et les tracteurs isolent les paysans comme les autos les citadins. Mur de bruit et de tôle séparant les hommes que le progrès technique prétend rapprocher. Radio et télévision achèvent la besogne.

Finies les veillées des longues soirées d'hiver où, serrés à quinze ou vingt dans la grande chambre, on parlait de la campagne, des bêtes, des alpages, on écoutait ceux dont la mémoire, l'imagination, le don avaient fait les conteurs du village. Les derniers d'entre eux vivent encore mais ne parlent plus guère qu'à la télévision.

On vivait donc sous le signe d'une solidarité mais non sous celui de l'égalité et d'une fraternité. Parce que c'étaient des hommes comme les autres, comme nous, cupides, avares, jaloux, méfiants, rusés.

Il y avait des pauvres et des riches, l'amertume des uns et l'orgueil des autres. Ceux qui possédaient faisaient en sorte que leur supériorité se transmette de père en fils. A cet effet, les riches disposaient de trois moyens : le mariage, le prêt, la politique.

Le mariage ? Union des biens plutôt que des corps. Les riches se mariaient entre eux, réunissant leurs biens, leurs troupeaux, leurs granges.

Le processus délétère de l'endettement ? A un paysan pauvre lui demandant de lui prêter cent francs, le riche répondait : "Je veux bien, et tu donnes en garantie ce bout de pré, à côté du mien". Et quand il savait son débiteur en difficulté, peut-être parce qu'une des vaches était morte, il réclamait ses cent francs. Il ne pouvait pas attendre. Et il prenait le bout de pré, ou le jardin.

Les riches enfin exerçaient le pouvoir.

J'ai bien connu une commune où deux clans, nommés partis, s'y succédaient au gré d'élections assaisonnées souvent de coups de poing, de fusil parfois; mais quand une balle estropiait une hanche, on parlait d'une chute.

On ne disait pas "conservateurs" ou "radicaux", car ils étaient aussi conservateurs les uns que les autres : on disait les Favre ou les Anzeoui.

La victoire n'allait pas sans avantages. Dès le lendemain, le Conseil nommait son garde-chasse et son garde-forestier. Il n'y avait pas de pauvres au Conseil.

On connaîtrait le dessous des cartes et les ruses des clans si les murs des caves pouvaient parler.

De toute manière, ce temps n'est plus. L'agriculture de montagne se meurt, les subventions ne remplacent pas les bras.

Il n'y a plus de pauvres, j'entends de ceux qui, pour manger, allaient glaner les épis de seigle ou les rares pommes de terre oubliés dans les jardins et dans les champs. On ne verra plus un chevrier de onze ans, à la nuit tombante, et l'avalanche brune des chèvres du village dévalant du dernier couloir, les femmes empoignant les leurs par les cornes, les poussant dans leur étable, au sous-sol d'une grange. On n'entendra plus, un moment plus tard, le double jet sifflant des tétines giclant dans le seau de fer blanc. Nostalgie ? Non. Regret, peut-être, de n'avoir plus onze ans.

Quelques chiffres suffisent à rendre aberrant un tel regret. A Vernamiège, de 1915 à 1925, la mortalité infantile était de 122,2 pour 1.000. De 1946 à 1955, elle est tombée à 36 pour 1.000. Pour les parents, la mort d'un enfant était une peine. Elle était aussi, naguère, une bouche de moins à nourrir.

Le temps ne revient pas en arrière. Les populations montagnardes ont pris le train, qu'on appelle encore le progrès. Il est pressé, son horaire ne connaît ni stations, ni gares.

André Guex